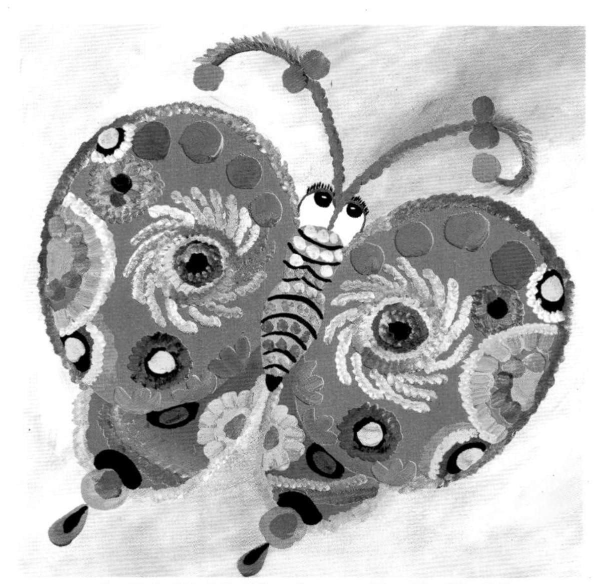

中国极地教育·美术教材

水粉课堂

辽 宁 美 术 出 版 社

中国极地美术教育系列丛书

主　编：刘芯芯

极地美术教育研究工作室编著

图书在版编目（CIP）数据

极地水粉课堂.第1册／刘芯芯编著. －沈阳：辽宁美术出版社，2006.2（2007.7重印）

ISBN 978-7-5314-3540-2

Ⅰ.极… Ⅱ.刘… Ⅲ.水粉画－技法(美术)－教材 Ⅳ.J215

中国版本图书馆CIP数据核字（2005）第158216号

出 版 者：辽宁美术出版社

（地址：沈阳市和平区民族北街29号　邮编：110001）

印 刷 者：沈阳美程在线印刷有限公司

发 行 者：辽宁美术出版社

开　　本：889mm×1194mm　1/12

印　　张：7

字　　数：8千字

印　　数：6001－9000册

出版时间：2006年2月第1版

印刷时间：2007年7月第3次印刷

责任编辑：方　伟

封面设计：于洪波

版式设计：于洪波

责任校对：张亚迪

书　　号：ISBN 978-7-5314-3540-2

定　　价：39.00元

邮购电话：024-23414948

E-mail:lnmscbs@mail.lnpgc.com.cn

http://www.lnpgc.com.cn

中国极地美术教育

极地美术书法学校是由著名美术教育专家刘芯芯2000年创办，至2003年发展成颇具规模的美术教育培训机构。几年来，刘芯芯和极地一批年轻的美术工作者们，在大量的教学实践中，探索出一套极具特色且行之有效的教学体系，极地人愿将这些在实践中研究出的教学成果与国内外同行们共同分享，进而推动美术教育事业的广泛发展。极地的崛起有赖于极地人对美术教育的挚爱和不断创新的进取精神。极地教师特别注重培养学生的观察力及表现力，想像力与创造力，极地所设置的系统课程已被实践验证是行之有效的，因此极地的学生思维活跃，乐于创作，动手能力及绘画表现能力出类拔萃，是同龄孩子中的佼佼者。

沈阳市极地美术书法学校

沈河校区
地址：沈阳市沈河区万寿寺街20-1号
电话：22722710　22722720

和平校区
地址：沈阳市和平区和平北大街166号
电话：23250066　23250022

铁西校区
地址：沈阳市铁西区沈辽东路17号
电话：25891886　25891887

皇姑校区
地址：沈阳市皇姑区黄河南大街41号
电话：86218286　86218287

大东校区
地址：沈阳市大东区东顺城路152号
电话：24853455　24861466

网址：www.pfaedu.com

色彩知识

1．色相： 指色彩的相貌，是区别色彩种类的名称，色彩所显现的颜色为色相。如：白色、红色、绿色等。

2．冷暖： 色彩给人的冷暖感受为色彩的冷暖。其中给人以冷的感受为冷色，如蓝色；给人以温暖的感受为暖色，如红色。

3．色调： 两种或多种颜色组合在一起后形成新的色彩倾向为色调。

A．绿色调　B．蓝色调　C．红色调

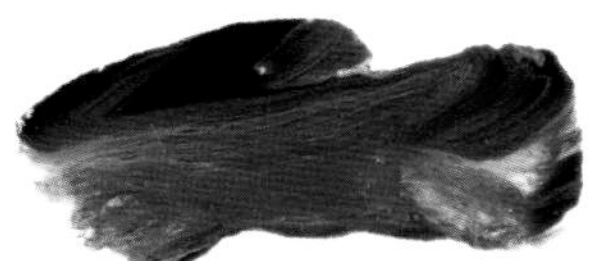
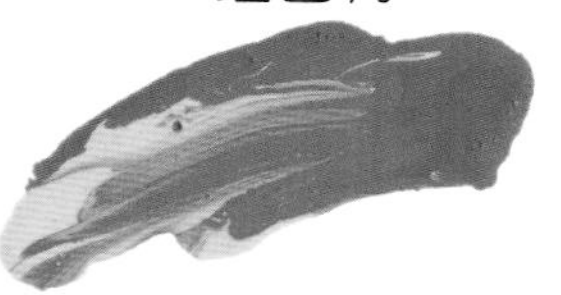

4．色彩的三原色： A．黄　B．红　C．蓝

三原色两两相调和为间色：

A．黄加红为橘黄色　B．黄加蓝为绿色　C．红加蓝为紫色

5．明度： 色彩的明亮程度为明度。一般情况下，黑白可调节明度的变化。明度有同一色调的明度变化，也有不同色调的明度变化。

A．加白的明度变化

B．加黑的明度变化

C．同一色调的明度变化

D．不同色调的明度变化

6．纯度： 色彩的饱和程度为色彩的纯度。

7．对比： 色彩的反差为色彩的对比，两个对比颜色为对比色。

A．红与绿　B．黄与蓝　C．黑与白

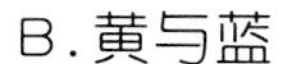

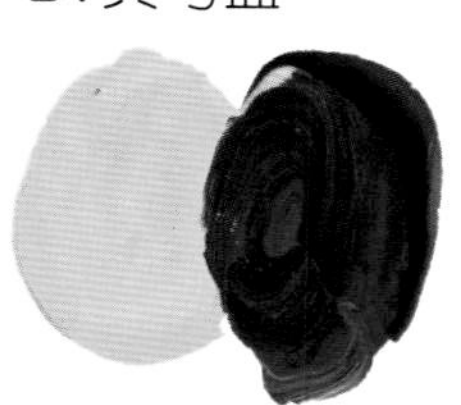

材料与技法部分

水粉画的颜料：水粉颜料，宣传色，广告色。
水粉画的特点：用水调和，使用方便，颜料能调出丰富的色彩，既具有油画的可涂改遮盖的特性，也能画出水彩画透明的效果。
调色盒、调色盘：选用陶瓷或塑料材质的白色制品，容易清洗。
笔：用质量好一点的水粉笔，大中小号要齐全。有时甚至需要两套笔，使用时更方便。另外还要准备一支小叶筋笔，刻画细节时使用。
画纸：用有一定厚度的纸，如厚的素描纸，厚的图画纸，厚的水彩纸，建议初学者不要用麻纹太大的水粉纸。

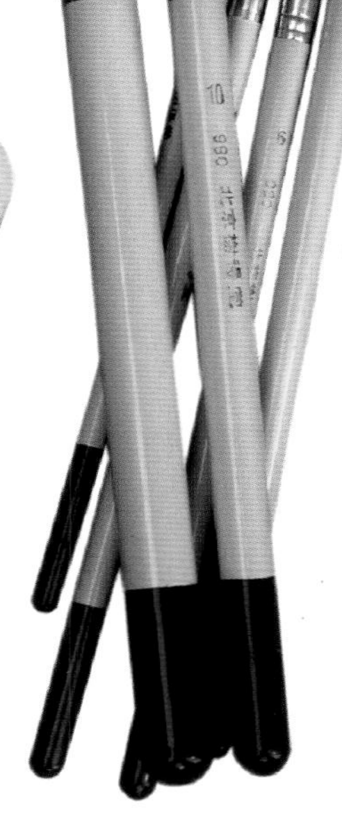

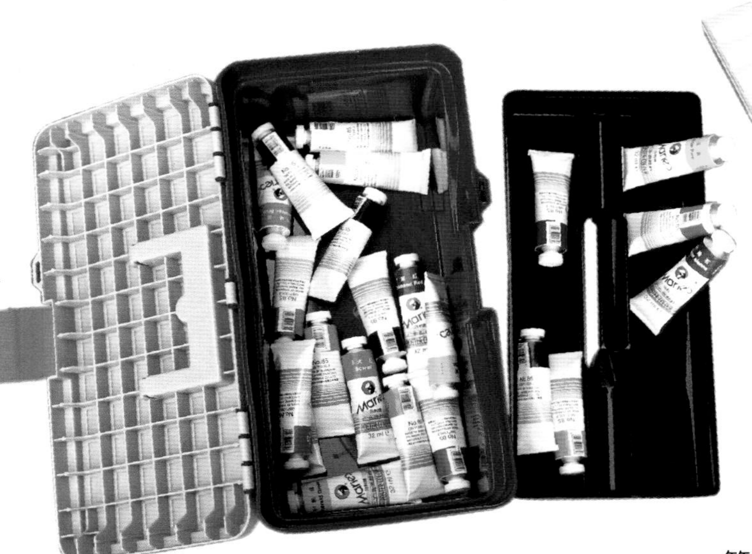

水粉课堂

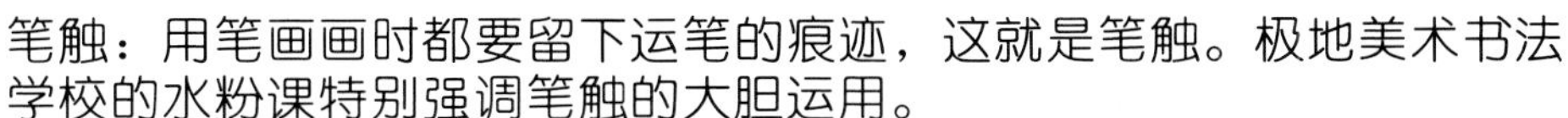

笔触：用笔画画时都要留下运笔的痕迹，这就是笔触。极地美术书法学校的水粉课特别强调笔触的大胆运用。

（1）小笔触

（2）大笔触

《极地水粉课堂》少儿阶段系列丛书，主要技法有干画法和湿画法两种，运用最多的是干画法。在本套书中通过每一节课的练习，同学们就会了解这些画法的特点，体会其中的奥妙，享受成功的快乐。

美术教育

作画步骤一

提示：A．请大量用白，大笔触地画出明亮的天空。

B．多用柠檬黄少用翠绿，这样可以调出嫩绿的柳叶颜色。

C．画枝条、柳叶时用笔要放松，要表现出随风摆动的枝条和在阳光下闪闪发亮的柳叶。

作画步骤二

作画步骤三

作画步骤四

第一课　新芽

（1）用大号笔蘸大量白、少量湖蓝(群青)，在调色盘里稍作调和，画出明亮的天空。

（2）用小号笔蘸柠檬黄加翠绿勾出细细的枝条。

（3）画出深浅变化、相互遮挡的枝条。

（4）不用换笔，轻松地画出嫩嫩的柳叶。

教师范画

学生作品

李晟铭　男　6岁

李雨芊　女　5岁

李沛凡　女　6岁

朱雨酥　女　6岁

作画步骤一

提示：A．画天空时除了用白、湖蓝，还可以稍加一些玫瑰红，这样能画出紫色的天空。

B．请注意花蕊花瓣色彩鲜艳，具有明度变化，表现出花儿在清晨的阳光里光彩夺目。

作画步骤二

作画步骤三

第二课　清晨野花盛开

（1）用大号笔蘸白、湖蓝画天空，不用换笔蘸土黄、白、淡绿画草地。

（2）用中号笔蘸柠檬黄、橘红画花蕊。

（3）用小号笔蘸玫瑰红加白画花瓣。用小号笔蘸煤黑加深红画花茎。

（4）用中号笔蘸柠檬黄加翠绿画出有明度变化的叶子。

作画步骤四

教师范画

张竞予　女　5岁

张仓瑞　男　6岁

马东辰　女　6岁

朱雨酥　女　6岁

作画步骤一

提示：A．请给手帕设计漂亮的花边。

　　　B．请用不同的画法来画树。

作画步骤二

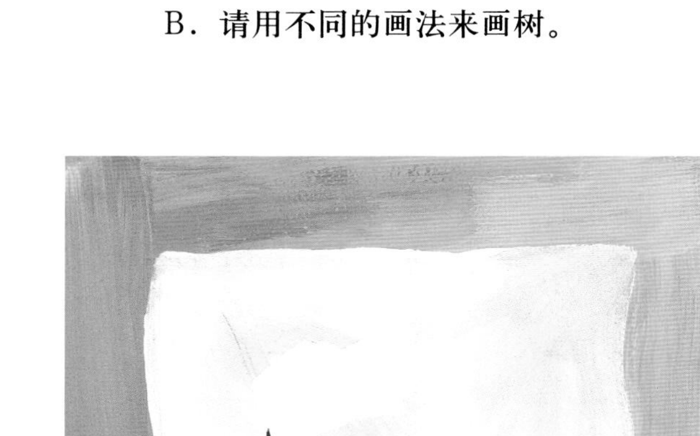

作画步骤三

作画步骤四

第三课　花手帕

（1）先留出空白的手帕，再用大号笔蘸白、淡黄、橘黄画出背景。

（2）用大号笔蘸白、群青画出手帕的颜色。

（3）用小号笔蘸绿色加煤黑勾出树干、树枝。

（4）用小号笔蘸柠檬黄、白、翠绿，画出小树叶。

教师范画

水粉课堂

学生作品

张钰晗　女　6岁

李雨芊　女　5岁

刘骁玥　男　5岁

张子天　女　6岁

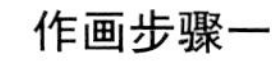

作画步骤一

提示：A．运用色彩的明度变化来表现树冠之间相互遮挡的关系。

B．请注意近大远小的透视原理在画中的体现。

作画步骤二

作画步骤三

第四课　山坡、绿树

（1）用大号笔大笔触地画出天空，所用的颜色有白、湖蓝、玫瑰红。

（2）用大号笔蘸白、土黄、绿色，画出有层次的山坡。

（3）用柠檬黄加翠绿画树冠。

（4）画出有遮挡关系的树冠。用小号笔蘸煤黑加深红画树干。

作画步骤四

教师范画

刘骁玥　男　6岁

侯东辰　男　6岁

张仓瑞　男　7岁

张钰晗　女　6岁

作画步骤一

提示：A．黄色与蓝色、紫色是对比色，它们组合在一起相互衬托，使画面更加生动。

B．为了使画面更有空间感，靠近地平线的天空要非常明亮。

作画步骤二

作画步骤三

作画步骤四

第五课　紫色梦境

（1）用大号笔蘸白、玫瑰红，大笔触地画出天空。

（2）不用换笔，多蘸群青（普蓝）加玫瑰红画地面，并画出同一色调的花瓣。

（3）画出明亮的黄色花蕊。

（4）用小号笔勾出紫色的花茎并点画出黄色的小叶子。

教师范画

学生作品

杨越婷　女　6岁

刘骁玥　男　6岁

美术教育

李炘玥　女　6岁

朱雨酥　女　6岁

作画步骤一

提示：A．请注意靠近地平线的天空要非常明亮，使画面更有空间感。

B．请注意树冠的用笔及位置的安排要使画面体现一种轻松感。

作画步骤二

作画步骤三

水粉课堂

第六课　暖意

(1) 用大号笔蘸白、柠檬黄、橘黄、大红、深红，画出有明度变化的天空。

(2) 用大号笔蘸土黄、橘黄、绿，画出近处与远处的山坡。

(3) 用大号笔概括地画出树冠。

(4) 用小号笔轻轻地勾出树干、树枝。

作画步骤四

教师范画

学生作品

马东辰　女　6岁

尹杨阳　女　6岁

范明伦　男　6岁

刘骁玥　男　6岁

作画步骤一

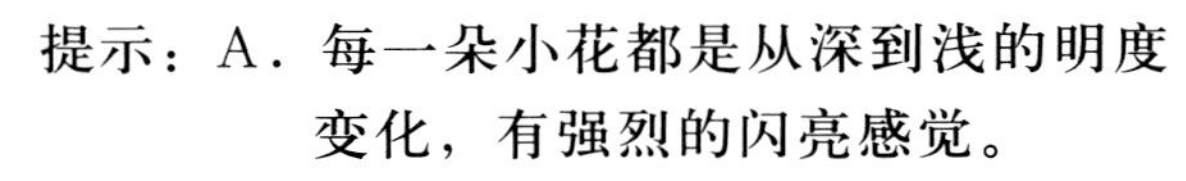

提示：A．每一朵小花都是从深到浅的明度变化，有强烈的闪亮感觉。
B．请大胆地改变花的颜色。

作画步骤二

作画步骤三

第七课　串串花

（1）用大号笔蘸白、湖蓝、玫瑰红，大笔触地画天空。

（2）用土黄加白加淡绿画草地，再用翠绿加柠檬黄画花茎和叶子。

（3）用中号笔蘸玫瑰红加湖蓝，画出小花较深的下半部分。

（4）不用换笔，直接蘸白，画出明亮的小花的上半部分。

作画步骤四

教师范画

学生作品

张竞予　女　5岁

张仓瑞　男　6岁

马东辰　女　6岁

才浩轩　男　6岁

作画步骤一

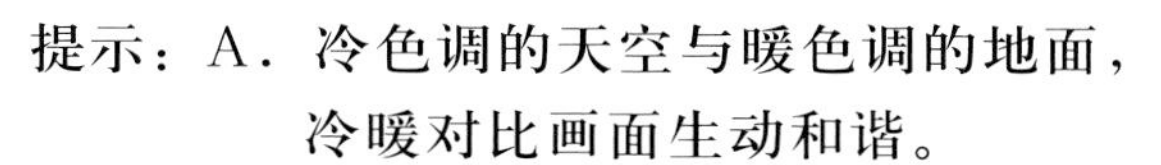

提示：A．冷色调的天空与暖色调的地面，冷暖对比画面生动和谐。

B．请注意所描绘的是深秋的草地，在黄色调里要有丰富的变化。

作画步骤二

作画步骤三

第八课　夜晚静悄悄

（1）用大号笔蘸白、玫瑰红、群青，大笔触地画出蓝紫色的天空。

（2）用大号笔蘸白、柠檬黄、土黄、中黄，画出暖色调的地面。

（3）先画出弯弯的月亮，再勾出树干。

（4）请继续画出树枝，并画出丰富的草地。

作画步骤四

教师范画

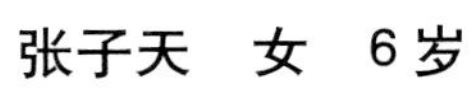

张子天　女　6岁

张仓瑞　男　6岁

张竞予　女　5岁

朱雨酥　女　6岁

作画步骤一

作画步骤二

作画步骤三

作画步骤四

提示：A．请注意，整个画面的暖色调变化丰富。

B．请大胆夸张飘落的叶子，它们使画面有了强烈的动感。

第九课　秋天落叶飞

（1）用大号笔蘸白、柠檬黄、橘黄，大笔触地画天空。不用换笔，蘸绿色画出远近两处山坡。

（2）用小号笔勾出树干。

（3）画出暖色调的树冠。

（4）夸张地画出飞舞的树叶。

教师范画

美术教育

学生作品

关贺天　女　6岁

尚永馨　女　6岁

李佳栩　女　6岁

王世豪　男　6岁

作画步骤一

提示：A．请大胆改变背景的颜色。
　　　B．请大胆设计自己喜欢的图案。

作画步骤二

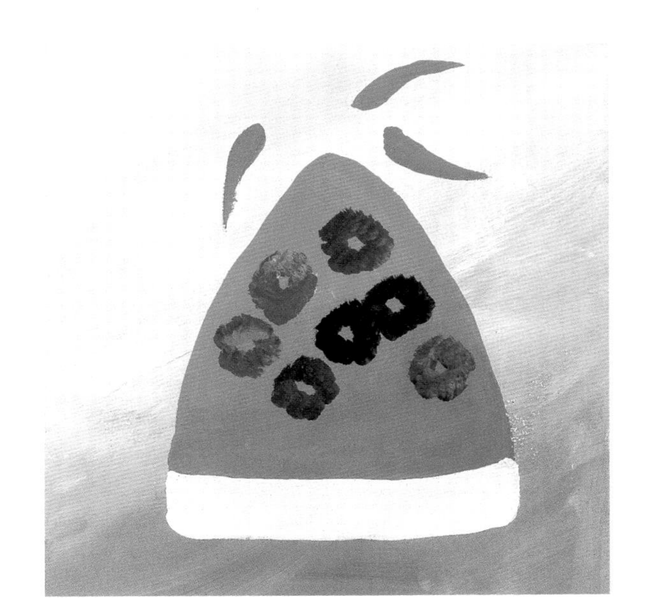

作画步骤三

作画步骤四

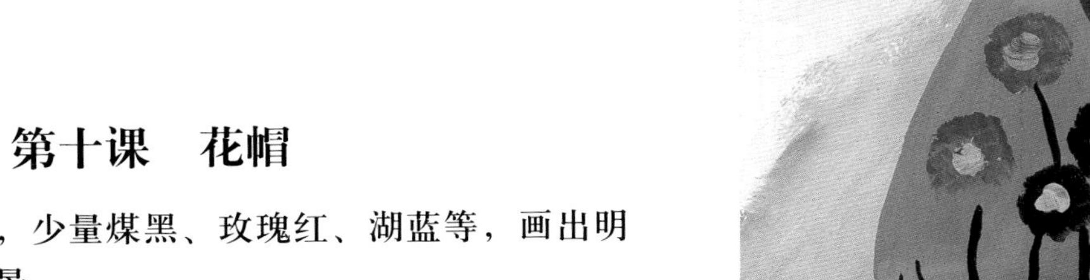

第十课　花帽

（1）用大号笔蘸白，少量煤黑、玫瑰红、湖蓝等，画出明亮的灰色调背景。
（2）概括地画出帽子的大块颜色。
（3）开始设计图案。
（4）进一步完善所设计的图案。

教师范画

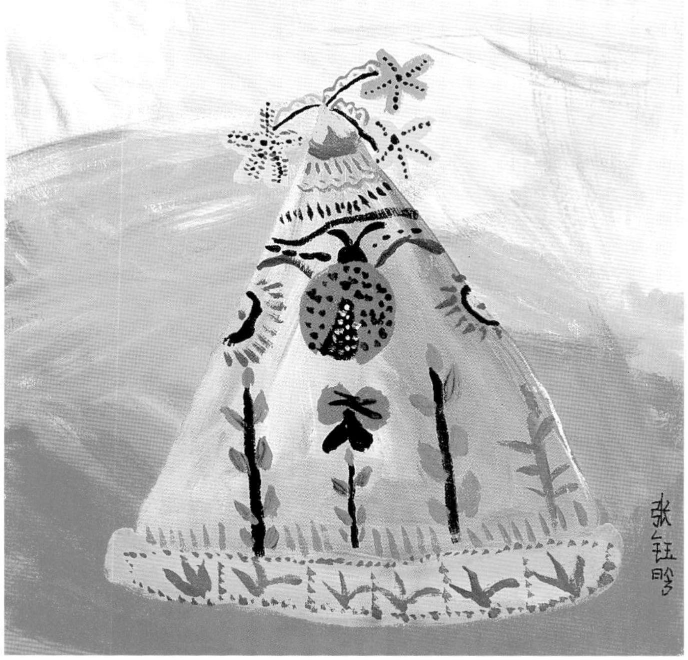

张钰晗　女　6岁

张仓瑞　男　6岁

李炘玥　女　6岁

杨越婷　女　6岁

作画步骤一

提示：A．用明度变化的表现方法画出不同造型的花。

B．请自由设计花瓶的颜色及图案。

作画步骤二

作画步骤三

第十一课　绿色调花瓶

（1）用大号笔蘸白、柠檬黄、淡绿，画出明亮的黄绿色背景。

（2）画出明度变化的绿色花瓶。

（3）先用纯色画出花的下半部分，并开始设计花瓶。

（4）在每朵花的颜色里加白，画出有明度变化的花。

作画步骤四

教师范画

美术教育

学生作品

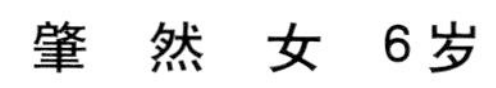

肇 然 女 6岁

刘骁玥 男 6岁

马东辰 女 6岁

庄晨子 女 6岁

作画步骤一

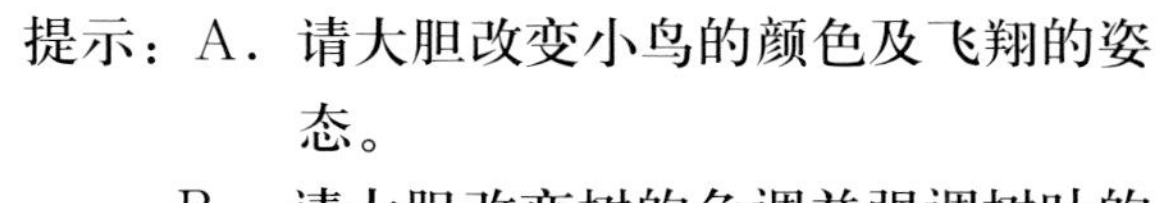

提示：A．请大胆改变小鸟的颜色及飞翔的姿态。

B．请大胆改变树的色调并强调树叶的动感。

作画步骤二

作画步骤三

第十二课　飞翔

(1) 用大号笔蘸白、玫瑰红、群青，大笔触地画出明亮的天空，用小号笔勾画出枝条。

(2) 用中号笔和小号笔蘸白、玫瑰红、群青，画出有动感的树叶，再用白色画出小鸟的头及肚皮。

(3) 用中号笔蘸橘黄、红色，画出小鸟的身体。

(4) 进一步刻画小鸟的表情及飞翔的姿态。

作画步骤四

教师范画

庄晨子　女　6岁

肇　然　女　5岁

马东辰　女　6岁

张竞予　女　5岁

作画步骤一

提示：A．请注意，用先画后面再画前面的画法来体现花的立体感。
B．请注意，要画出茎和叶子婀娜的动感。

作画步骤二

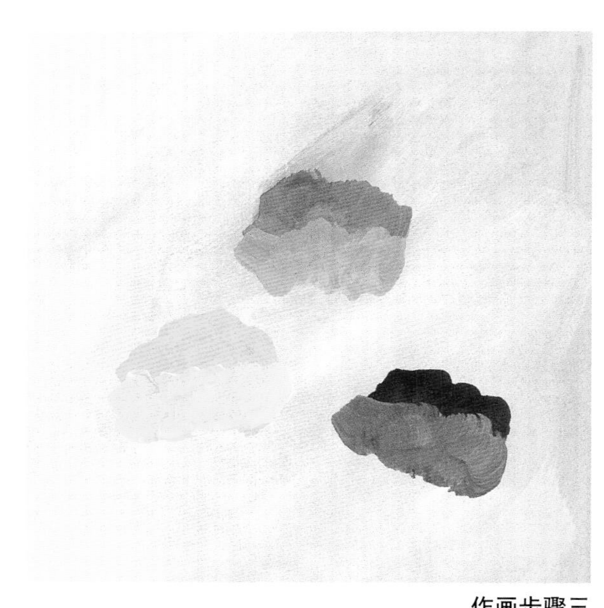
作画步骤三

第十三课　婀娜多姿

（1）用大号笔蘸白、少量粉绿、柠檬黄画背景。
（2）用中号笔先画花的后半部分。
（3）再画明度较亮的前半部分。
（4）用小号笔点画出变化丰富的花蕊，再勾画出变化的花茎及叶子。

作画步骤四

教师范画

学生作品

赵婕序　女　6岁

赵子茜　女　6岁

李天时　女　6岁

赵钰潇　女　6岁

作画步骤一

作画步骤二

第十四课　紫色花瓶

（1）用大号笔蘸群青、白、橘红、大红等，画出明度变化并有笔触的背景。

（2）用中号笔蘸玫瑰红、群青、淡黄等，画出深浅变化的紫色花瓶。

（3）用中号笔轻松地勾勒出枝条。

（4）用中号笔蘸各种颜色，两笔画出有遮挡关系的树叶。

提示：A．请给紫色的花瓶设计不同的图案。

B．请大胆地画出各种颜色的叶子。

作画步骤三

作画步骤四

教师范画

王一博　男　6岁

李佳栩　女　6岁

梁苏男　女　6岁

曹译心　女　6岁

作画步骤一

提示：A．画面要表现出近大远小的透视规律。
B．请大胆创作一只可爱的小兔子。

作画步骤二

作画步骤三

作画步骤四

第十五课　休闲兔

（1）用大号笔概括地画出蓝天、草地。
（2）先画出远处的树冠。
（3）再画近处的树冠并概括画出这只小兔。
（4）进一步刻画小兔的表情和衣服，并画些小花来点缀草地。

教师范画

学生作品

宰毓聪　女　6岁

侯东辰　男　6岁

美术教育

李炘玥　女　6岁

张钰晗　女　6岁

作画步骤一

提示：A．请大胆地给花瓶设计图案 。
B．请大胆地画出前后遮挡、有明度变化的一束花。

作画步骤二

作画步骤三

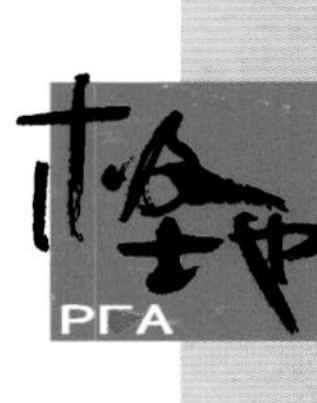

第十六课　有耳朵的花瓶

(1) 用大号笔概括地画出上下两块背景。
(2) 概括地画出花瓶的造型。
(3) 用中号笔蘸白、玫瑰红、湖蓝、群青等画花瓣。
(4) 画出黄色的花蕊，用小号笔勾出花茎。

作画步骤四

教师范画

学生作品

史泽萱　女　6岁

李雨芊　女　5岁

杨越婷　女　6岁

张钰晗　女　6岁

作画步骤一

提示：A．请大胆改变背景及猫的颜色 。
B．请在画中添画老鼠，这样会更生动有趣。

作画步骤二

作画步骤三

作画步骤四

第十七课　精灵猫

（1）用淡黄、中黄、橘红、深红等，大笔触地画出背景。
（2）用小号笔勾画出精灵猫的轮廓。
（3）用明度变化的方法区分猫的头与身体。
（4）仔细刻画猫的神情及奔跑的姿态。

教师范画

学生作品

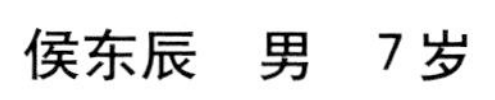

侯东辰　男　7岁

李雨芊　女　6岁

张竞予　女　5岁

刘骁玥　男　6岁

作画步骤一

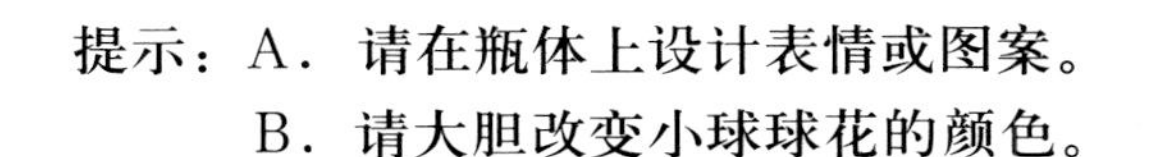

提示：A．请在瓶体上设计表情或图案。
　　　B．请大胆改变小球球花的颜色。

作画步骤二

作画步骤三

水粉课堂

第十八课　球球花

（1）用大号笔蘸白、湖蓝、玫瑰红，大笔触地画出上下两块背景。

（2）用玫瑰红加白，画出有明度变化的粉红色花瓶。

（3）用中号笔蘸柠檬黄加白，画出有明度变化的小球球花。

（4）用小号笔勾画出绿色的花茎，再给花瓶添画生动的表情。

作画步骤四

教师范画

吴津瑶　女　6岁

张竞予　女　6岁

李雨芊　女　6岁

张云佳　女　6岁

作画步骤一

提示：A．请大胆地安排画面的构图 。
B．请大胆地设计各式各样的房子。

作画步骤二

作画步骤三

作画步骤四

美术教育

第十九课　有小房子的风景

（1）用大号笔概括地画出天空、草地。
（2）先画白色的房体。
（3）再画红色的房顶。
（4）给房子加上窗户、门、烟囱，再画草地上的野花。

教师范画

学生作品

李雨芊　女　5岁

庄晨子　女　6岁

侯东辰　男　6岁

李炘玥　女　6岁

作画步骤一

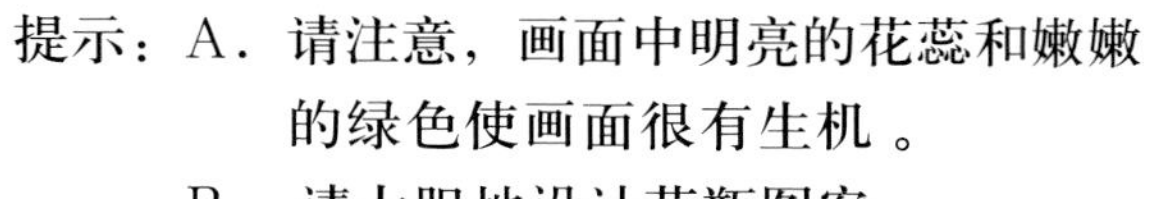

提示：A．请注意，画面中明亮的花蕊和嫩嫩的绿色使画面很有生机 。

B． 请大胆地设计花瓶图案。

作画步骤二

作画步骤三

作画步骤四

第二十课　暖色背景中的花瓶

（1）用大号笔概括地画出上深下浅的暖色背景。

（2）概括地画出冷色的花瓶。

（3）用中号笔蘸橘黄、大红、深红和少量煤黑画花瓣。

（4）画出花茎和叶子，设计花瓶图案。

教师范画

学生作品

李柯澄　男　6岁

庄晨子　女　6岁

张钰晗　女　6岁

才浩轩　男　6岁

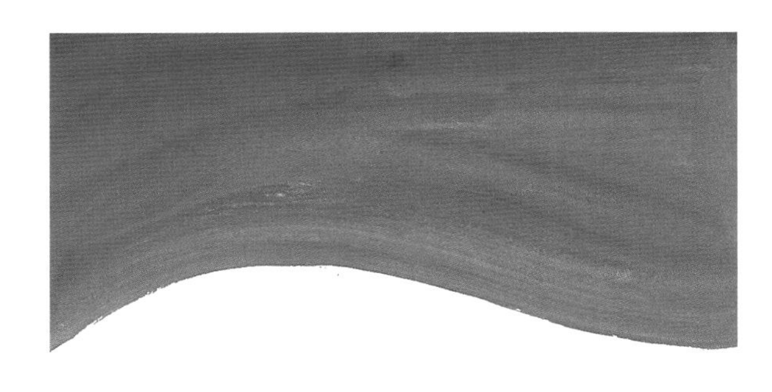

作画步骤一

提示：A．在冷色调的背景中画各种颜色鲜艳的树，使冬天看起来很漂亮，也不那么寒冷 。

B．请注意要表现雪花轻盈并随风舞动的状态。

作画步骤二

作画步骤三

第二十一课　雪花飘飘

(1) 用大号笔概括地画出天空、陆地、河流。

(2) 概括地画出造型一致的树冠。

(3) 用煤黑画树干和树枝。

(4) 用小号笔在蓝色部分画白雪花，在白色部分画蓝雪花。

作画步骤四

教师范画

学生作品

李沛凡　女　6岁

张竞予　女　5岁

庄晨子　女　6岁

李文镝　女　6岁

作画步骤一

提示：A．请在明亮的黄色瓶体上设计图案 。
　　　B．请注意表现花茎纤细有弹性的特点。

作画步骤二

作画步骤三

作画步骤四

第二十二课　温馨花瓶

（1）用大号笔概括地画出上下两部分背景。
（2）用柠檬黄加白概括地画出花瓶。
（3）用柠檬黄、橘红等画出花苞、花瓣。
（4）用小号笔蘸深红加煤黑勾画花茎，并设计花瓶的图案。

美术教育

教师范画

杨岱霖　男　6岁

佟铭玉　女　6岁

董彦彤　女　6岁

王奕文　女　6岁

作画步骤一

提示：A．请自由选色，概括地表现蝴蝶身体、翅膀的颜色。

B．请大胆地在蝴蝶的身体上设计图案。

作画步骤二

作画步骤三

第二十三课　花蝴蝶

(1) 用大号笔蘸大量白、少量玫瑰红、湖蓝等，画出色彩丰富、变化微妙的背景。
(2) 用小号笔蘸淡黄起稿，并开始画蝴蝶的翅膀。
(3) 用几块颜色概括地画蝴蝶。
(4) 仔细刻画并在蝴蝶身上设计图案。

作画步骤四

教师范画

学生作品

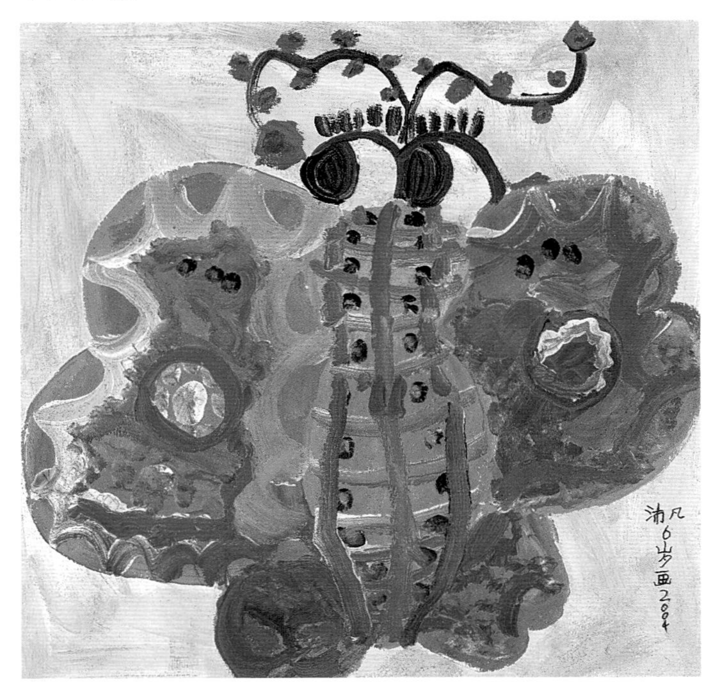

李沛凡　女　6岁

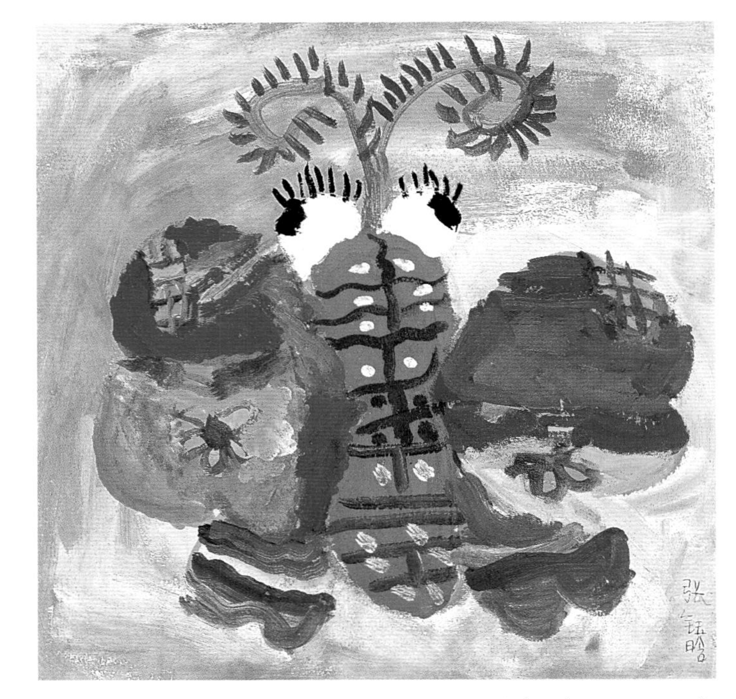

张钰晗　女　6岁

李炘玥　女　6岁

王一同　女　6岁

作画步骤一

提示：A．大胆轻松地点画每朵花会很有趣 。

B．一定要围绕着绿色调来画这幅画。

作画步骤二

作画步骤三

作画步骤四

第二十四课　绿调

（1）用大号笔蘸白、绿、黄、红等，大笔触地画出绿色调背景。

（2）用中号笔蘸煤黑勾出花瓶。

（3）用点画法轻松地点画出不同造型的花。

（4）用点、线、面设计花瓶的图案。

教师范画

安思静　女　6岁

贾　琼　女　5岁

王奕文　女　6岁

佟铭玉　女　6岁

作画步骤一

提示：A．请在画中再画几只可爱的小鸭子。
　　　B．请大胆改变构图，并努力表现出水的动感。

作画步骤二

作画步骤三

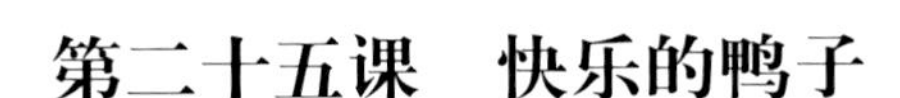

第二十五课　快乐的鸭子

（1）起稿之后用大号笔概括地画出天空和小河。
（2）用大号笔再概括画出层次分明的山坡。
（3）画出大树干及小鸭子。
（4）画出暖色调的树冠、夸张飘落的树叶，再仔细刻画小鸭子的神情。

作画步骤四

教师范画

学生作品

张熔珅　女　6岁

侯东辰　男　6岁

美术教育

马东辰　女　6岁

李芷浓　女　6岁

作画步骤一

提示：A．每朵花的颜色虽然不一样，却与背景和谐统一 。

B．每一片小叶子都很精致、生动，烘托了画面灿烂的效果。

作画步骤二

作画步骤三

第二十六课 花瓶灿烂

(1) 用大号笔蘸白、绿、黄、蓝、玫瑰红等，画出有丰富变化的背景。

(2) 概括地画出橘黄色的瓶子。

(3) 用点画法画出圆形的花朵。

(4) 同样用点画法创作花瓶的图案。

作画步骤四

教师范画

李依莲　女　6 岁

史泽萱　女　6 岁

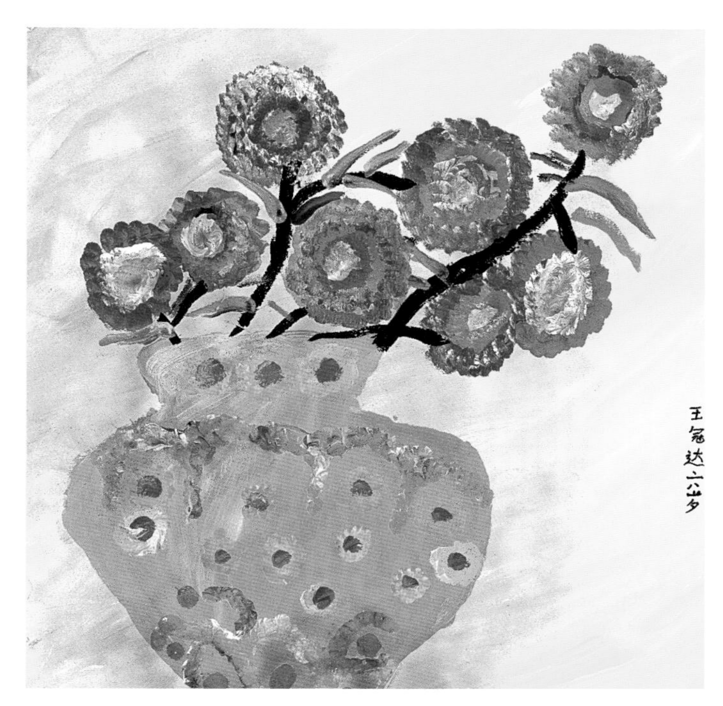

王冠达　男　6 岁

关天昊　男　6 岁

中国极地美术教育系列丛书
主　　编：刘芯芯
极地美术教育研究工作室编著

即将出版少儿阶段图书

线描课堂
彩笔课堂
彩铅笔课堂
油画棒课堂
连环画课堂

即将出版专业阶段图书

素描入门
色彩入门
速写入门
高考素描人物
高考素描静物
高考色彩人物
高考色彩静物
高考速写创作